KB104269

하늘길 열리면 눈물의 방

지혜사랑 231

하늘길 열리면 눈물의 방

이영월

지혜

시인의 말

소띠해를 맞이하였습니다. 두 눈망울을 굴리며 단내나던 지난날을 돌이켜 봅니다. 13년 동안 사골을 우려냈던 '서울 뚝배기'는 눈물의 방이었습니다. 가마솥 앞에서 내 눈물을 우려냈으니까요.

내게로 불어온 바람 오롯이 간병 15년 동안의 여정은 희망이라는 가느다란 꿈 하나로 버텨냈지요. 그후 한계라는 정점 앞에서 요양원으로 간 후, 1년의 시간은 나를 시험하는 호된 매질이었습니다. "나 좀 집에 데려가라"는 한 서린 음성이 메아리가 되어 들려왔으니까요.

그동안의 눈물은 가족을 지켜내는 뚝심 하나로 버티는 힘이었다면, 지금은 감당할 수 없었던 죄책감에서 용서를 비는 눈물입니다. 옭아맨 사슬에서 풀려나오는 흰 소의 자유로움, 몸은 떨어져 있어도 옛 그대로 당신은 나의 사랑입니다.

그동안 못다 한 말들을 엮어 당신께 바칩니다.

2021년 봄
이영월

차례

1부

2부

3부

4부

1부

내게 큰 산 같은 큰언니

우리 큰 언니가 많이 아프대요
위암이래요
한순간, 멍하니 며칠 몇 날을 보냈어요
나의 큰 산이 우르르 무너지는 순간
입도 닫혔고 심장도 멎은 듯
모든 것이 정지되었어요

큰 산,
그녀는 내 안식처
삶의 희망이었고 힘이었어요
메뚜기가 뛰놀던 가을 들판
누렇게 익은 유년의 꿈이 피었났었죠

큰 산아, 망망대해야!
지중해의 석양이 물든 온천수에 발 담그고
가야 할 길 아직 끝나지 않았는데
사하라 사막의 모래가
손가락 사이로 빠져나가고 있네요

밥알을 세어가며 맛도 모른 채
삼킨 눈물의 밥이 소태예요
큰언니가 아프면 나도 아파요

그녀의 손목에
시간의 끈을 매달아 놓고 싶어요

보물상자

내게는
크지도 작지도 않은
부물상자가 있습니다

함부로 열 수 없는
간절히 원하다
나타나는 깜짝 이벤트

기로에 서 있을 때
살그머니 다가와
꿀 물어다 주고 가는

그 이름
보물상자
나의 영원한 멘토입니다

꽃길만 걷고 싶다

만약에 내가
내가 다시 태어난다면

상흔의 흔적 지우고
흉터 없는 몸으로 자유롭고 싶다

전생에 지은 죄 용서받고
꽃길만 걷고 싶다

응급실에서

하늘길에서 만난 물방울이 뭉쳐 반란을 일으켰다

성깔 사나운 암회색 물줄기

마치 양동이를 들고나와 퍼붓는 것 같다

낮에는 태양을 가리며 호령하더니만

눈 달린 비구름은 호통을 친다

미꾸라지처럼 요리조리 빠져나가는 위선의 탈

잘못했다고 빌고 있다

밤이면 더 큰 어둠으로 몰아세우는 불안

잊을만하면 나타나 내 목을 죄며 옭아매는 사이렌 소리

절망의 끝에서 희망을 보다

시작은 끝자락인가
무거운 시간들을 견디는 동안
입이 닫혀 말을 잃었다

벙어리가 되기 시작詩作
씁쓸한 웃음만 주름으로 남고
또 한고비 오르막길 헤친다

넘다 보면 끝이 있겠지
영혼 없는 허수아비
그 자리 그대로 서 있는 걸

아직도 먼 길
절망의 끝에서
희망이 둥글다

그 말만 믿고
지나온 날들
거기에서 피어나는 한 줄기 빛

성장통

아픔은 초침 속에서 유유히 흘러가고

비로소 자아 찾아 떠나는 여행길

미완성이 완성되고

단련의 과정으로 성장통이 욱신거렸음을

왜 몰랐을까, 그때는

당신의 바람은 무엇입니까

바람이 떠났다
오라고 매달려온 바람 아니고
가라고 등 떠민 바람도 아니지만

바람바람 풍월 읊으며
우렁우렁 울림 놓고
구름까지 까맣게 태워놓고 떠났다

비가 내린다는 것은
바람이 우는 것이다
바라는 바람이 아니라는 걸 안다

아다지오 칸타빌레
악보 없는 울음으로 비를 뿌린다

보내는 마음
떠나는 마음

바람이 훑고 간 자리
무음이 진동한다

이제는 바람도 자야 할 시간
파波음으로 단조를 새긴다

배추 인생

물은 100도에서 끓는다지
1도만 모자라도
완성이라 할 수 없네

뽑혀서 죽고
배 갈라 또 죽고
소금에 절여 풀 죽고 마는

나를 죽여서야
밥상에 오르는 배추처럼
죽도록 죽어서 살고 싶다

나는 일개미였다

나비만 내려앉는 것이 아니다
삼풍백화점이 내려앉듯이
내 몸 뚱뚱하다며
가자미 눈으로 흘기던 당신

먹는 것도 아까우냐며
맞짱 뜨던 내가
목이 돌아가지 않는 돼지 목이 되었다
무언의 반항이었다

가분수 몸 끌고 다니던 어느 날
기둥이 휘청거리며 주저앉았다
내 탓 아닌 네 탓으로 고집 피워
젊은 날 시든 꽃이 되었다

살기 위해 바둥대며
새벽 밥 지으며 무쇠솥 끓여대던
뼈 깎는 아픔을 당신은 아시나
이것이 일개미 삶의 죄였던가

삼풍백화점이 우르르 쾅
윗몸 받들던 대들보도 우르르 쾅

와우 아파트도 우르르 쾅 쾅 소리 내듯
먹고사는 일에 관절이 주저앉고 말았다

이제 와 고백한들

오래 방황했어 비 오면 슬펐고 내 눈물이라 생각했어 소
방차 호스로 뿜어대는 센 물결도 씻겨 내릴 수만 있다면야
견딜 수 있을 것 같아 처음으로 체증 뚫리는 경험을 했어 물
소용돌이 속에 휘감겨 떠내려갈 듯 공포도 느끼면서 창문
을 열었어 2층에서 연결된 물받이 통속에서 물 세포들이 세
상을 만난 듯 콸콸 흘러 넘쳤어 빗물에 씻긴 쓰레기가 하수
도 구멍을 막고 있었어 국지성 비가 그쳤어 언제 왔냐는 듯
어린아이 울음 멈추듯 시치미를 떼고 있었어 울부짖던 개
구리가 생각나네 유년의 행복이 그리워 가슴속 쌓아둔 응
어리가 눈물이고 슬픔이었어 차라리 후련한 빗줄기라도 볼
수 있어 다행이야 절망에서 희망이 느껴져 흐르는 물이 거
꾸로 올라갈 수 없듯이 내리사랑으로 마음을 나누며 사는
일 모두를 보듬고 싶어 외로움과 슬픔까지 소나기 빗줄기
에 말끔히 씻겨내고 싶어 물 폭탄 빗줄기를 바라보며 해탈
을 맛보기도 했던 어느 날이었어

해미천을 걷다가

수줍게 핀 수선화가 보인다
신작로 길 개나리도 보인다
군락을 이룬 벚꽃이 보인다

손길 닿지 않아도
발길 닿지 않아도
봐주는 이 없어도

본분 다하며
말 없는 몸짓으로 피워내는
그대는 나의 스승입니다

접목의 꿈

고욤나무에 대봉 매달리는 꿈 안고 산다
상처가 주는 아픔을 견딜 수 있는 것은
풍성한 열매를 맺을 수 있다는 희망 때문이다

조개 속의 진주가 그냥 반짝일 리 없다
속살에 상처 아물고
고통을 견디는 시간이 있었기에 가능하다

예술은 창작을 통해서만 이룰 수 있는 것
홀로가 아니라 접목인 것이다

나는 시詩를 쓰고
당신은 하늘을 보고

한때 노래하고 춤추며 행복했지
필드에서의 푸른 초원이 내 것처럼 드넓었다

나는 여전히 시詩를 쓰고
당신은 요양원에 누워있지만
당신을 안아줄 수 있는 느티나무로 우뚝 서리라

머잖아 시인의 마을에 시가詩歌 소복이 쌓일 것이다
나는 오늘도 접목의 페달을 밟고 노래한다

거꾸로 살아보기

　바늘귀에 꿰어있는 바늘과 실의 관계 운명으로 받아들이고 바늘 따라 묵묵히 가는 길 늦게 깨달아 포기하기까지 적잖은 시간이 걸렸다 건망증과 파킨슨병 전두엽 치매로 성격이 자기중심적으로 낯설게 다가온 한 남자 상대방은 아랑곳하지 않는 얼음같이 차디찬 사람 해바라기도 한 곳만 응시하며 살았다지 뭐든지 들어주던, 다정하고 믿음직했던 그가 변해버렸다 숱한 날 참는 것도 지쳐 외롭다고 울어보다가 입안에 침샘이 말라 혀조차 굴리기 어려웠다 따뜻한 사랑이라곤 티끌만큼도 남아 있지 않았다 사랑이 미움으로 변한 뒤 시든 풀처럼 개굴창에 처박혀 말라가고 있었다 폭력이 가해지는 날도 잦아 변해버린 그 사람의 행동에 가슴만 저려왔다 캄캄한 밤이 두렵다 낮으로만 이어지는 지구 어느 편 백야白夜와 같이 밤이 없는 낮으로만 이어지면 좋겠다 밤이 무섭다 그 옛날 내가 알았던 사람이 아니다 낮과 밤이 다른 남자 곁에서 떠나지 못하는 나, 낯설기만 하다 길기만 한 여정을 받아들여야 산다 나도 나머지 삶은 바꾸어 살아봤으면 좋겠다

넋두리 한마당

병 난지 15년 불평만 늘어가던 사람 나보다 더 아픈 사람 있거들랑 나와보라고 하네유 달팽이관이 흔들려 눈뜨지 못한 채 거실 소파에 누워있는데 병문안 온 새언니가 역성을 들다가 그만 말문이 막혀버렸슈 남편을 위해 불평 한번 하지 않던 시누이가 불쌍해 보였던지 한마디 거들었다가 된서리를 맞은 거예유

스물한 살 처녀가 서른 살 노총각을 만나 아버지 섬기듯 그리 살았슈 아들 둘 낳아 안겨 주었쥬 섬기며 산 세월이 결혼 50주년이 되었쥬 내가 바랐던 금혼식까지 잘살 수 있을까 하며 꿈 안고 살았더니 여기까지 왔네유 뒤뚱뒤뚱 오리걸음으로 거실에 나오면 난 얼음이 되어 잘못을 저지른 아이가 아버지 앞에서 벌 받듯 숨죽이며 살았슈 4차원 얘기 같지만, 폭탄을 안고 사는 셈여유 맘에 들지 않는 답을 한다고 신발짝 집어 던지질 않나 생활 집기가 모두 폭력대상이 되고 말았슈

젊어서 유도 선수로 잘 나가던 때를 생각했는지 식탁의 밥상을 후려쳐 사금파리에 오른쪽 엄지에 뼈가 보이도록 깊이 패이기도 했슈 그 밤에 응급실행에 엄니 부르면서 얼마나 울었는지 몰라유 집어던진 신발짝 맞았더라면 뒤돌아볼 것 없이 다 놓고 가출했을 거유 시시각각 변하는 치매 증

상 자꾸 건드리면 뭐하나 싶다가도 어찌 대처해야 되는지 당췌 모르겄네유 누가 꿀팁 좀 줘봐유

아버지의 괘종시계

시계추가 흔들렸어
초침도 기운이 없나 봐
나도 지쳤어

시침이 자꾸만 멈추려 하고
분침만 자꾸 아등바등 대다가
벼랑 끝에서 멈추려 해

밥 줄 기력도 없네
초침 소리 시끌벅적했던 그때가 그리워

초침이 움직이지 않기 시작했어
멍하니 서로 바라만 보았지

시계추가 흔들리며
소리 낼 때가 좋았어

멈춤이란 침묵이고
적막이 살아 돌아올 것을
기다리는 기다림이라는 것

나의 詩에서 군둥내가 났다

기어이 시집보내고야 말 테다
詩가 퇴적되어 낙엽처럼 썩는다

냉장고 문을 열었다
삭고 삭아서 군둥내 나는 묵은지
냉동고 속 검은 봉지들은 이름표가 없다
어둠 속에서 죽어가는 음식들
하나둘 꺼내어 이름표를 붙여준다

숨이 막혀 답답했겠다
꽉 찬 묵은 사연들
소풍 가듯 비우고 헐렁해진다
내 속이 이리 시원한데
네 속은 오죽했을까
냉장고의 모터 소리가 경쾌하다
신나게 돌아가니 덩달아 신난다

건넌방 서재 문을 열었다
초고草稿의 詩가 골방에서 울고 있다
숱한 나날들 얼마나 힘들었겠니
따뜻한 햇볕도 보여주고
시원한 공기도 마셔가며

함께 나들이하고 싶었지만
겨를 없는 핑계로 처박아만 두었구나
너희도 시집을 보냈으면
벌써 자식들이 수두룩 번성했으련만
주인 잘못 만나 수절하며 반생을 살았구나
미안하다, 나의 詩들아!
새로운 세상에서 다시 만나자꾸나

오늘 나는 너희를 시집詩集보낸다
군둥내 나지 않는 삶을 위하여

날개

꺾인 날개는 좀처럼 날지 못했다
온몸 굴려 굴렁굴렁
시작詩作을 알리면 반은 이룬 게지

쓴 내 나는 외로움과
쓰디쓴 절망이 온다 해도
쓰러지지 않으리라 다짐했다

비상을 꿈꾸다 추락하는 꿈
나비의 날개 그리다 찢긴 생生
모든 사람 비웃어도
아랑곳하지 않고 버텨왔다

때때로 불 속으로 뛰어들고 싶었다
부나비 되어 한 줌 재 되어
흔적없이 사라지고 싶었다

자식 걱정 남편 걱정
이 나이에 무슨 부귀영화가 필요하랴

나날이 지는 낙엽인 것을
태어난 죄 속죄하는 마음으로 살아야겠다

>

　　나도 살맛 나는 세상 구경 떠나고 싶다
　　시시때때가 시시때때詩詩時時 되도록

　　날개 펴고 훨훨 훨훨
　　날아보고 싶다

시작詩作의 기회機會

하늘에서 줄이 내려왔다
금동앗줄이 내려왔다

나는 나팔꽃
나는 능소화
나는 바람 태우는 담쟁이

나의 참새와
나의 종달새와
나의 날개 닮은 나비

죽어라 줄에 매달려
지구 한 바퀴 돌리라

죽어라 줄 당겨
내 꿈 이루리라

줄, 줄, 줄을 타고
목청껏 노래 부르다 떠나리라

칡넝쿨의 하소연

음지에서만 살았다오
기대고 싶었고
안기고도 싶었다오
누구 하나 눈길 주는 이 없어
내가 먼저 당신을 안아 준 것뿐

산기슭 양지바른 곳
그곳이 내 고향이라오
비단옷에 금목걸이 다이아반지 끼고
허리 펴고 살 팔자라 생각했소
당신을 탓하고 싶지 않지만 서운하오

서로 엉키고 설켜 꼬이며 다다른 공중
내가 먼저 안아준 것처럼
당신도 나를 그대로 봐주면 좋겠소
하늘이 허락한 곳에서
알콩달콩 당신과 살고 싶었을 뿐

시월에 울컥

더벅머리 마른 몸매의 청년이 담배를 물고 있다
아, 피어오르는 담배 연기
와락 덤버드는 그리움에 울컥
금연을 애원하며 볶아댔던 남편에 대한 연민이 날아간다
몰래 피우다 들키면 경기를 일으키던 그 사람

나도 이제는 늙어 인지능력이 없어져
매번 사고 내는 일이 잦아졌다
오늘 나는 차를 수리하러 정비소에 와 있다
나는 걷지만 당신은 누워있다
요양원에서 꼼짝 못 하는 당신이 갑자기 보고 싶다

나는 주춤주춤 주차장을 걸었다
폐의 깊이로 숨을 내 뿜었다
담배 연기를 따라 갔다
금연구역이 다정하게 느껴지는 오후
당신에게 연민이 느껴지는 발자국이 따갑다

아, 문득 담배 연기가 그립다
더벅머리 그 청년과 눈이 마주쳤다
그냥 웃어주었다
누워있는 남편이 서 있는 것 같다

보일 듯 잡힐 듯

하늘거리며 하늘하늘
하늘로 올라가는 담배 연기
그 속에 사랑하는 당신 있다
하늘거리며 하늘 오를 것 같은
당신이 보인다

배꽃

떨어진 하얀 꽃잎
연분홍 꽃술 눈으로 피워낸
한 송이 꽃
내게도 그런 날 있었네

어여쁜 색시 시집갈 날
기다리고 기다려왔건만
비바람 불어 떨어진 배꽃
옹이 되어 퍼지는 맨살의 상흔이었네

겉모습이 추하면 어떤가
물러 터져 흐르는 진물은
너와 나의 이별가
내 생 모두의 기억처럼 흐려지네

하얀 속살 보이기 전
검은 점으로 흩어지는 바람
옹이로 가슴에 박혀
나의 별들을 시나브로 덮어가네

새벽을 깨우는 것들

하루를 살 것처럼 새벽을 깨운다
반딧불이를 앞세운
일개미들이 휘청이며 걷는다

길 따라 발자국 속에
얼룩진 일터
무뎌진 삶 깨치며 얼어진 눈물의 밥

낙오된 일개미들의 아우성이 들린다
반딧불 행렬에 끼지도 못한 채
시커멓게 갇혀버린 가장의 거리로 번지는 불빛

'세상이 왜이래 왜 이렇게 힘들어
먼저 가본 저 세상 어떤가요 테스형
가보니까 천국은 있던가요 테스형
아 테스형 아 테스형
아 테스형 아 테스형'
―나훈아의 테스형 노래 중

부르면서 울고
부르면서 웃는다

2부

건망증

주방에서 일어나는 일이다
음식 만든 후 정리하면서
제자리 이탈한 물건 찾기 진땀난다
뚜껑이 매번 발달려 어디론가 사라진다

뱅뱅 술래잡기다
엉뚱한 곳에서 발견된다
김치냉장고 위에서 찾기도 하고
양념통 위에 놓여있기도 하고
내 손이 요술 손인가 보다

엉뚱한 곳을 뒤적이는 일
번번이 진땀 나게 하는 일
찾아 놓고도 잊은 듯 또 찾는 행동
무뎌진 칼 되어 녹슬어가는 나의 뇌

고백

탓은 하지 않기로 했습니다
미워하고 원망하지 않기로 했습니다
MRI를 찍으러 병원에 갑니다

나를 사랑하지 않은 죄
나를 돌보지 않고 방치한 죄
나의 모든 유전자를 찍으러 병원에 갑니다

MRI를 찍으라는 말
침대에 누워 앙다문 입으로 눈 감았습니다
나를 사랑하지 않고 학대한 죗값입니다

동굴에서 금광 캐는 소리가 들립니다
콩콩 맥 잡아두드리는 소리
기차가 지나가며 기적 울리는 소리들

나만 덩그러니 갇혀 있습니다
터널을 빠져나가 환한 빛 안고 싶습니다
알몸 되어버린 나를 사랑하기로 했습니다

터널 속 세상은 어둠
종이에 새로운 나를 그립니다
이 계절에 벌레 먹은 단풍잎 하나 주머니에 담습니다

허영

속치레가 든든하려 애썼다
어느 날부터
겉치레가 눈에 박혀
명품을 좋아했다

허기진 마음 달래려고
물건 사냥으로 배 채웠다
움켜쥐고 먹어보아도
채워지지 않는 공허

젊은 날 내게도 그런 날들 있었다
해볼 짓 다 하고
갖고 싶은 것 다 갖고 나서
비로소 보이는 것들

제정신 들고나니
모두가 부질없어라
세월은 저만치 비켜서 있고
주름은 이만치 다가와 있더라

오만傲慢

오지랖 넓어 남의 일에 참견했어요
나서지 않으면 안 될 것 같아서요
그것이 바로
내게 등 돌린 까닭이 되었어요

거드름피우며
남을 업신여기는 것
공정하지 못하고
한쪽으로만 기울어진 판단으로 말이어요

살아온 날들의 여정을 뒤돌아보며
내 앞지락을 주섬주섬 펼쳐 보았어요
여물지 못한 편견 때문에 그랬던 것을
아주 늦은 후에야 알게 되었어요

1.8L

내 몸은 물이었다가
찹쌀이었다가
보리쌀

서리태였다가
흰콩이었다가
팥

오늘은 페트병에 나를 담기로 했다
투명한 생각과
삶의 질서를 그 속에서 배운다

내가, 정말로 다시 태어나
물과 쌀이 된다면
당신 곁에서 꼭꼭 씹히는
따스한 밥이 될게요

행복

이렇게 환한 날도 있나요
이렇게 가벼운 날도 있나요
이렇게 좋은 날도 있나요

이럴까 저럴까
이토록 갈림길에서
애간장 태우며 살아온 길

오늘은요,
오늘은 큰언니가 항암치료 두 번째 받고 퇴원한대요
오늘은요,
오늘은 내가내가 타조 알 출산한 날
나 닮은 새끼가 태어난 날

오늘은요,
오늘은 내가 나를 내려놓은 날
구름보다 가벼운 날개로 행복을 감싸 안아요

나에게 불행은 사치였다

할 일이 너무도 많아
불행이라는 단어는
사치로 보였습니다

낮과 밤이 있듯이
빛이 있고
어둠이 있기 마련입니다

어둠이 지나가면
행복으로 되돌려지는
기적 같은 세월을 보냈습니다

불행도 마음속에서
행복도 마음속에서
싹트고 피어납니다

그것이 내게로 온 것이라면
심연深淵의 깊은 곳
불행과 행복이 교차하는 터널에서
무지개처럼 환하게 물들이고 싶습니다

누명을 벗고 싶어요

어느 여름날이었어요
휘파람 불며 찾아온 바람

영원히 영원히 잊지 않으리라
절대 불가항력不可抗力 이었어요

뇌는 아묵嗼黙하기 시작했어요
나는 과거에 살고 있었어요

상상의 나라에서 돌아온 후
끊어진 필름 이어놓지 못한 채
잠자는 영혼 흔들어 놓았죠

죽어서라도 밝혀야 한다고
체머리 흔들며 꼭꼭 눌러 놓았던 누명陋名

뒤울이가 불어와
침묵의 세월 지나고

마파람으로 뒤섞여
끝내 북풍에 실려 보내고 말았어요

어머니의 품

어머니가 이민 떠난 후
내가 나를 보호해야 했다

느리게 반죽하고
천천히 숙성시켜
내 길 찾아 걸었다

좁은 뒤안길 서성이다
은둔의 낙원 걷다가

금방이라도 시들어버릴 것 같은
어머니를 만나 펑펑 울었다

긴 강 건너 재 넘어
가깝고도 머언 길, 어머니는
타향에서 고향을 바라만 보는 망원경

나 또한 고향에서 먼 산 바라기로
오늘도 어머니 품 찾아 하늘을 날은다

610호

나만 아프다고 소리쳤다
나보다 더 아픈 사람 있거들랑 나와보라며
고래고래 꽥꽥거리다 제풀에 꺾여 조용해진 병실

도리질하며 부정했던 노병老病 앞에서
장사 없다는 말들
내게로 온 것이라면 받아들이는 지혜를 배운다

혼자서는 살 수 없는 세상
너도 늙고 나도 늙어가는 게 인생
맺어진 인연 손잡고 인내하며 가는 길

여럿이 함께 동고동락하는 친구들
어르고 달래어 함께 살자 했던 동지들
나의 부끄러움까지 사랑해 준 610호 가족들이 생각난다

작은 배려

쿡쿡 찌르는 삼각보다
둥근 원을 택하겠습니다

병실 침상 가운데 자리하고
열 하루째 되는 날

'까칠한 성격으로
왜 하필이면'

새벽녘 꿈속에서 불쑥 나타난
세모와 동그라미

아무도 모르는 중얼거림으로
배려라는 단어가 떠올랐습니다

양옆을 어우르는 중재자
로또 복권으로
바로 내가 당첨되었습니다

시인의 밥

시인은 언어의 기술사
생생한 상상력과 감수성
작은 일에 귀 쫑긋 세우는 더듬이

시인은 헛것만 밝히는 건달
시답잖은 언어의 조합으로
시만 쓰다가 밥 굶기 일쑤

시인은 빈털터리
평생을 써도 만족 모르는
뜬구름 잡고 사는 바보

오늘도 어슬렁어슬렁
목적 없는 골목길 기웃거리며
실에 바늘 꿰어
한 뜸 한 뜸 수 놓는다

가벼워진 가방

젊음아, 부럽구나
명품 좋아했었지
속 빈 강정처럼
빈 수레가 요란했어
그냥 지나칠 수 없었지

쭉쭉 걸어놓고
눈요기만 하는
젊은 날 추억 떠올리네

이제는 외출할 때마다
내 몸처럼 가벼워진
천 가방 들고 흔들흔들
얇고 가벼워도
그 속에 나의 행복 들어 있단다

알 하나 낳았네

아들 둘 품어 세상에 내놓았지
새끼만 품어 내놓는 줄 알았네
가슴에 내놓지 못한 알 하나 있었네
만져지지 않는 묵직한 덩이 하나
둥굴리고 둥굴리어 알 하나 낳았다네

손가락이 뒤틀리고 연필 힘 들어가
군더더기 살 붙었다네
언뜻언뜻 낯 설은 단어들의 반란
길 가다 눈 돌려 다시 보고 또 보고
운전하다 정지하여 끄적이는 습관이 들었네

잠자다 꿈인지 생시인지 거미줄 치듯
술술 풀어 나오는 그 순간 놓치면 안돼
메모가 한 줄의 칼이 되고 노래되었네
흥얼흥얼 빚어낸 하나뿐인 매화꽃 필 무렵*
내게도 봄날 꽃이 피었다네

* 필자의 첫 번째 시집 제목.

살고 싶어요, 구해주세요

꼴찌만 하던 내가 저물어가는 황혼의 길목에서 머리가 트였나보다 방금 하던 일도 몇 발짝만 옮기면 잊어버려 제자리 오고야 생가이 난다

그러던 내가 변했다 지독한 사람들이 한다는 독학 눈 감고 사물을 만져 기억해내는 것과 같은 느낌이었다 느리지만 하면 된다는 집념 하나로 버텨온 찰거머리의 근성으로 자신은 있다

나는 지금 또 하나의 도전을 하며 씨름 중이다 책 속에서 스승을 만났고 무궁무진 펼쳐진 세상을 보았다 우울증에서 벗어나려 안간힘을 쓴다

나는 한 송이 꽃으로 피어난다 유년의 철부지로 돌아간다 색칠을 한다

꽃 한 송이가 묶인 채로 바다에 던져졌다 뭍으로 나가고 싶지만 나갈 수 없다 가벼워서 살아있다 둥둥 떠 있다

오늘 숙제는 그림 두 점 색칠하기다 내 신세와 닮은 제목은 '얽혀있는 속마음을 들여다보세요'이다

>

　나의 간절한 절규 "나는 바다에 던져졌어요. 구해주세요.
길이 막혔어요. 뭍으로 나가고 싶어요." 이 말뿐이다

　매일이 악몽인 오늘의 주제다

시련

　태풍이 몰아치던 날 그가 느닷없이 쓰러질 듯 문밖을 나가더니 길 건너 앞 약국에서 내놓은 빈 박스를 질질 끌고 왔다 태풍에 휩쓸려 뒹굴어오듯 집 문 앞에서 넘어지고 말았다 얼굴과 목이 꺾이도록 강화 유리문에 처박고 한쪽 다리는 쭉 뻗어 있고 한쪽은 오그라졌다 잠시 잠깐만에 머리 정수리부터 몸 전체 형체를 훑은 비바람에 옷은 입었지만 나체 그 자체였다 머리부터 발끝까지 양동이로 물 뒤집어 부은 듯 무서운 폭우였다 비에 젖어 아무 쓸모 없는 박스들, 박스를 잡고 넘어진 손등에서는 하얗게 패이더니 피가 줄줄 흘렀다 내내 말렸지만 박스가 꼭 필요하다며 고집을 피운 것이다 그곳에 저장해둘 물건이 있다면서 돌발행동이 일어난 것이다

　늦은 밤이면 술 먹어야 잘 수 있다며 술 달라고 조르면 감당할 수 없다 요즘 들어 반항인지 하는 일마다 허약한 어깨에 짐을 실어준다 내가 아파서 추석날 새벽에 응급실로 향했다 대상포진이란다 입원해서 치료받기를 권한다 대상포진으로 벌써 두 번째다 체력에 한계를 느끼고 바보가 되었을 때면 어김없이 찾아온다 남편도 있고 자식도 있지만 아내란 남편을 지키는 도구일 뿐, 자식은 보듬고 가야 할 어머니일 뿐, 나는 외톨이가 된 것 같다 나는 하늘에 대고 토한다 남편은 철없는 아이로 돌아가 귀향할 기미가 당최 없다 표정 잃은 마네킹이 되어간다

간병의 긴 터널

승모판협착증으로 오십 대부터 병원 출입을 하였다 육십 대 중반에 뇌출혈로 간병이 시작되었다 혈기 왕성했던 젊은 날 두 아들과 남편만 넣어 놓고 오붓하게 살았다 안정되어 경제적인 압박에서 벗어나 여행도 다니며 여유로운 자연인으로 돌아가 살아보고 싶은 꿈에 부풀어 있었다 노년은 둘만의 달달한 여정의 길이 되리라 의심하지 않았다 남달리 미각이 뛰어난 감각이 있기에 맛을 체험하며 팔도의 맛 기행도 다니고 해외보다는 우리나라 오밀조밀 깨소금 맛 나는 산천을 더듬어 보고 싶었다

마음 편히 둘만의 시간이 이루어지려는 순간 수포로 돌아갔다 무거운 침묵 속에 자고 깨고 긴 시간의 간병이 이어졌다 한 치 앞 모르는 것이 인생이라 했던가? 시계의 초침은 쉼 없이 돌아 어연간 팔팔했던 젊음도 잃었다 차곡차곡 살아온 날들의 기억들을 들춰내며 젊은 날의 일들이 파노라마가 되어 펼쳐진다 채색된 그림도 꺼내보고 놓쳐버린 아름다운 상상의 날개를 접어둔다 모질게 살아온 과거를 회상하며 여유를 가지고 살아가길 원했지만 병이란 놈에게 저당 잡혀 모두 앗아가고 말았다

미스터트롯의 치유治癒

몹시 아팠어요
한계라는 벽
인정하는 순간

무능을 탓하며
주저앉아
일어설 수 없었어요

어두운 구름 사이로
무지개가 떴어요
미스터트롯의 재롱

혼자 사는 삶이 아니라고
지나간 것은 지나간 대로
상큼하게 흔들어 놓은 희망의 나팔소리였어요

마음의 감기

눈 감고도 보이는 길
오르막 내리막 숨고르기 하며
아름다운 청춘 뛰어간다

가던 길, 길을 잃었다
기억의 샘물이 말랐나 보다
살갗도 흐리멍텅하다

열네 색의 색연필
추억과 미래의 세계로 초대된다
보이지 않던 장님이 눈을 뜨기 시작

마음의 감기 고칠 수 있다기에 공들인 그림
열 달을 뱃속에 담고 아이를 낳은 것처럼
버텨냈던 감기는 사그라진다

길이 보인다
눈 감고도 보였던 길
독감처럼 독했던 당신과 나의 길을 걸어간다

아날로그 할머니

디지털시대에서 옛것만 고집하고 사는 나는 아날로그 노인

변화가 싫다 아니 두렵다

한 발 물러 뒤서고 싶다

경험으로 체득한 나만의 방법으로 편하게 살고 싶다

가진 것 꺼내며 느리게 가련다

모르면 물어보면 되지, 물으며 쉽게 살련다

쥐어줘도 흘러버리는

나는야 아날로그 구세대 라떼 할멈

차별

나는 49년생 이영월 아들이 귀한 집에 아들 하나 둔 어머니는 열 자매를 낳았다 시 어른 바람으로 그저 하나만 더 낳아보라 원하여 낳고 나면 딸, 또 낳아 놓고 나면 딸 내일이라도 알 품어 낳을 수만 있다면야 방귀 뀌듯 사뿐히 쏙쏙 낳고 싶다던 어머니 구시대 부모님이 신세대 삶을 살았다 쯧쯧 또 딸이라고 웅성웅성 주위에 어르신들 어린아이 눈치보며 혀를 찼다 아버지는 딸 그만! 이라는 예명을 일곱 번째 딸에게 달아주며 윗분께 예를 표했다

열자매는 서로 부비고 살다가 이역만리 먼 곳 하늘 아래 한 귀퉁이 자리하고 단 하나뿐인 어머니를 차지했다 캐나다 다섯 딸, 미국 두 딸, 어머니가 물어다 주던 먹이 배불리 먹고 살다가 백수 길에 접어들어 제비가 물어다 주듯 딸들이 어머니 밥상을 차려낸다

딸부잣집 둘째로 태어나 고향 지킴이가 된 나, 제주 섬에서 살고 있는 동생과 서울에서 사는 세 자매가 대한민국을 지키고 있다 고국을 찾아오는 자매들에 이어 다문화 속에 태어난 2세들이 어미의 나라 한국을 찾는다 어미가 그랬듯이 내리사랑으로 이어가고 있다 십자매는 구시대 어르신들의 차별 없는 교육으로 아들처럼 귀한 대접받고 차별이란 애당초 없이 자랐다

문을 열겠습니다

빗장을 잠가두었습니다
고립된 삶의 끝에서
작은 빛이 들어왔습니다
바늘귀에 실을 꿰었습니다

흙이 엄마였고
채송화 꽃으로 태어나
재롱둥이 광대로 살았습니다
나비가 살포시 날아와 간지럼을 칩니다

빗장을 풀겠습니다
열어 제끼겠습니다

책상은 아버지였고
펜은 어르고 달래주며 토닥여 준
어머니였고 유일한 벗이었고
어머니의 숨비소리였습니다

3부

아름다운 상처

잔잔한 호수
어느 누가 돌을 던져
파동을 일으켰는가

스스로의 잣대로 생채기나
매질로 인해 번지는 신음
치유되지 않은 상처
굳은살 붙어 옹이가 되고

긴 여정의 되새김질
새살 돋아 영근 후
상처가 아름답다는 것을

아물고 나서야
상처가 보석이었음을
이제야 알았네

변신變身

소나무에 붙어있는 송진처럼
솔잎 먹는 송충이처럼

벗어날 수 없는
딱지를 붙인 채 살았습니다

송충이가 솔잎 물고
꿈틀꿈틀 기어 나왔습니다

유혹

잠시 눈이 팔렸다
TV 홈쇼핑 코너에서
예정에 없던 옷을 샀나

우아하고 세련미 철철 넘치는
그 옷을 입고 외출하면
한 인물 날 것 같았다

아픈 남편 졸라서
난생처음 승낙받고
어깨가 으쓱거렸다

앞 옆 뒤로 돌며
어느 한구석 흠잡을 것 없었다

나는 나다
쭈구렁 망태기 할망구에
걸음조차 비뚤 걸음이지만

TV에 나오는 홈쇼핑 그 쇼호스트가
오버랩되어 나로 착각하게 한다
내 나이에도 유혹을 떨칠 수 없는 것이 있다

부두에 가면

어슬렁어슬렁 어시장에 간다
어디선가 들려오는 사람 냄새
어부들의 만선에서 들려오는 함성
촐랑대는 고등어가 펄쩍펄쩍 뛴다

해마다 짝으로 사 오는 외눈박이 먹갈치
예부터 입맛 들여진 고유의 맛
흠이라면 작은 것이 흠이지만
은갈치 은값
먹갈치 똥값

입맛 다시며 돌아왔다
외눈박이 먹갈치는
오늘따라 그물망에 걸려들지 않았다

울보의 우정

해마다 친구가 농사지어 보내온 마늘
창고에
또랑또랑 걸어 놓았다

오십 개씩 두 덩이가 사이도 좋다
내년 이맘때까지
곶감 빼먹듯
먹을 때마다 매워서 눈물이 난다

친구의 손 땀 어린 정성
외로워질 내 마음 달래려고
오늘도 창고에 매달린
마늘에 눈도장 찍는다

질경이

논두렁 밭두렁 둑길에
포복 자세로 산다마는
오가는 이 발에 짓밟힌 채로
죽은 듯 뭉개진 몰골

뿌리의 힘으로
되살아나고
질겨서 질기게
살아남은 혼魂

난쟁이 키
줄기 없이 잎 트며
풀인 듯 나물인 듯
밥상 위에 털썩 주저앉는다

따뜻한 봄날
쪼그려 앉아 추억 캐듯
오금 저리는 질경이
나를 닮아 수줍기도 하구나

홍시

짜릿짜릿 내 맘
움켜쥐더니만

살그머니 눈 한번 질끈
놓아주고

단짝 친구가
되어버린 당신

폭신 익어
물렁 감이 되었구려

초대의 맛

총각무로 담근 김치
가을을 배달하기로 했습니다

남향이 좋았습니다
푸른 초원의 텃밭

농부의 손으로 뿌린 씨 한 봉지가
나눔으로 초대되어 갔습니다

총각처럼 풋풋한 내음
젊음의 생기도 찾았습니다

더하면 두 배
나누면 열배 백배 되는 사랑법

별하와 송이와 결이
사랑하는 사람들의 이름을 따라갑니다

달님과 해님과 같은 친구도 불러봅니다
나눔은 나눌수록 풍선처럼 부풀어 오릅니다

농부의 씨앗이 동네방네 퍼져가는 기쁨
가을의 초대는 자동차 바퀴로 굴러갑니다

별리 別離

남겨질 내가 안쓰러워
떠나갈 네가 가여워

헤어지기가 못내 아쉬워
마냥 붙잡고만 싶었어요

욕심이던가요
쇠심줄보다 질긴
인연의 끈

세월의 뒤안길에서
강하나 건너면
닿을 것 같은

가깝고도 머언 길
그대는 바람처럼
횡하니 날아갔습니다

난, 나는 눈뜨고 바라만 보는
바람 속에 휘감기어
한 조각의 구름이 되었습니다

상상

박인환문학관에서의 일이다

명동 최고의 멋쟁이

댄디보이와 데이트하고 싶다

잘생긴 이목구비

나에게도 청춘이 있었지

칠순 넘은 늙은이가 주책 부린다고 흉보지 마라

숲의 미로

자연인의 아내이었다가
어부의 아내이었다가
자유로운 영혼이었다가

지금은
당신의 마지막 여인이고 싶습니다

시인으로
다시 태어나
만인의 연인이고 싶습니다

늙어서도 꿈은 꾼다

나는 매일 꿈을 꾼다

책 속에 파묻혀

나머지 여생 살고 싶은 꿈

매일 詩 쓰며

당신 그리다 죽는 꿈

흰 분칠에 빨간 립스틱 바르고

곱게 곱게 늙다가 천국 가는 꿈

거기 긴 여정 따라

당신과 함께 못다 한 사랑

나누는

꿈

김칫독

나무도 나이를 먹으면
골다공증이 생기나 보다

제 몸 헐어 텅 빈 속을 채우려
그 속에 김칫독 하나 묻었다

소풍

쉬었다 가자
아직도 갈 길은 먼데
첨벙대는 계곡도 좋고
그늘진 숲길 걸어도 좋으리

땡고추보다 더 매운 더위
척척 내려놓고 탈출하는 것이다
고단한 삶을 박차고 나가자
발길 닿는 대로 떠나보자

온통 나만을 사랑하리라
삶에서 찌든 때를 벗어놓고
뿜어져 나오지 못한
옹아리 풀어 속을 비우자

대자연의 힘을 빌려
나를 달래보자
어차피 우리 인생
길 찾아 떠나는 것 아니던가

삼길산

삼길산에 오르면
산과 바다가 말을 건다

튀밥 닮은 포말이
흰밥처럼 지천이고

발밑 낭떠러지 아래
크고 작은 섬

물 위에 둥둥 떠다니는
유람선 노닐고

나는 산과 바다를 동무 삼아
독백 같은 이야기 쏟아낸다

의자

고맙다
십오 년 네가 없었더라면
내 꿈 이루지 못했으리

궁둥이 붙이고 앉아
찰떡궁합으로
밀고 당기면서 함께한 세월

나의 동반자였지
아버지 무릎처럼
내 꿈은 아직도 살아서 펄떡인다

설익은 포도가 농익을 때까지
책상 앞 의자에서
새록새록 피어난다

황금 갯벌

한쪽 무릎 올려놓고

나머지 발로 밀고 나가는

질척이는 뻘 속에서

오동통 살 오른 참고막을

널 배 선수들이 건져 올린다

비단결같이 매끄러운 속살

정년도 없고 해고당할 일 없는 만년 일터

대대로 이어가는 어매 닮은 섬

둥근 그녀들의 놀이터 황금 갯벌

이반일리치의 죽음

고통이 밀려오면
모르핀을 투여했다
여러 날

급성 췌장염
이곳이 천당일 거야
금비 은비
잔잔한 너울
바라만 보았네

빛뿐이었어
그가 날 집어삼켜 버렸지
그 너머 보이는 것은
숲속에 잠자는 공주
눈만 살아 있었네

순간, 우울한

울적한 날엔
그대가 그리워진다
그런 날이면 바다를 찾는다

등성이 넘어
내리막길 내려가는데
서녘 해넘이가 발목을 잡는다

낙하하려는 순간
황홀한 그 자태에 홀려
반짝이는 은빛 바다 뛰어들 것만 같아

앗, 그만 돌이 되어버렸다

토종 뿔 시금치

작은 텃밭 토종시금치
친구는 해마다 달달한 정을 나눈다
유년의 어머니 닮은 밥상을 차려낸다

늦가을 씨 뿌려 호리호리한 너
언 땅속 인내로 버텨온 시금치처럼
토종 맛 내는 여인이고 싶다

비타민 D 풍부한 재래종 시금치
두 손으로 비틀어 실치와 어울리는 된장국
홋홋하게 내 님 밥상 올리고 싶다

꽃대 올라오는 오월 중순
뾰족뾰족 뿔난 제 몸 씨앗으로 갈무리하고
지켜온 한길 인생,
나 또한 전통을 이어가는 여인이고 싶다

낮게 드리운 저녁노을

돌고 돌아 사춘기가 왔어요
중년 지나 인생의 절정기
하루를 살지언정
타인 아닌 다만 날 위해 살았습니다

돌고 돌아 인생의 절정기
뉘엿뉘엿 해가 지고 있습니다
지우고 갈 흔적, 버리고 갈 욕심
비우고 갈 가벼움을 찾아 나섭니다

꼭꼭 채워 넘치도록 젊은 패기가 아름다웠습니다
추억 먹고 살다가 가벼운 차림으로
놓을 것 모두 내려놓고
자연인으로 돌아가는 여행길에 서 있습니다

호도狐島에 가고 싶다

원산도 지나 삽시도를 바라보며
여우꼬리 닮은 호도로 여행을 가고 싶다
요양원에서 퇴원하고 나면
당신하고 꼭 가보고 싶은 섬
일출과 일몰이 은모래를 붉게 물들여
당신 얼굴 발그레 석양 되지요

나는 해풍 맞은 봄나물과
고사리 꺾어 채반에 말리고
당신은 살 오른 달래 양념장 비벼
소박한 밥상 차려
이야기꽃 피우고 싶어요

여우가 잠들 무렵 갯벌에 나가
바지락 긁어모아 탕국 한 사발
와글와글 끓여내면
당신과 나의 추억 보따리가
저절로 벌어져 함박웃음 꽃피우지요

4부

채송화

못생겼다고 절망하지 말아라
키 작다고 울지마라

어여쁜 화단에 핀
난쟁이 꽃
누가 뭐래도 너는 나의 스승이다

나대지 않고
티 내지 않고
맨 앞에 다소곳이 앉아 눈 맞춤하는 너

유년의 내가 책상 맨 앞자리에서
선생님의 귀여움을 독차지하듯
너도 누군가의 희망이고 꿈이란다

찰떡궁합 부부

논에서는 개굴개굴 개구리가 합창을 한다 어릴 적 자장가처럼 들려오던 소리, 유년의 꿈이 펼쳐지던 소리, 내가 바라던 아파트, 남편이 내게 준 마지막 큰 선물 곡식이 누렇게 익어가는 사이 사르르 바람 따라 눕는 벼 유년의 추억이 떠오른다 유난히도 좋아했던 맏언니를 부르며 그림자 밟고 따라다니던 곳 13층 베란다에서 내려다보는 논, 밭작물들이 계절 따라 수채화로 나를 위로하였다 벌써 20년 전 일이다

그해 나는 두 무릎관절로 인공관절 수술하였고 회복하기도 전 남편은 뇌출혈로 쓰러져 둘이는 같은 환자였다 남편은 뇌출혈 후 병주머니에 새끼를 쳐 방울토마토처럼 주렁주렁 매달렸다 지병이던 승모판막 협착증, 파킨슨병, 치매, 망상까지 용종도 6개를 떼어냈다 보름을 병원에서 지냈다

천진난만한 유년시절도 있었건만 느닷없이 불어닥친 비바람은 회오리바람으로 말려들었다 독을 품고 뱀같이 서늘한 공포를 떠넘기며 살았던 혹독한 시련들, 마지막 노후에 요양원으로 들어가야 하는 생이별이라니 끝까지 내 손안에서 놓고 싶지 않았는데 난 죄인인 것처럼 우울하다

>

　병나기 전까지 우리 부부는 찰떡궁합이었다 병환의 터널에서 침묵이 흘렀고 웃음도 잃었다 든든했던 버팀목이 삭아내려 오롯이 안고 가야 할 노년의 짝 잃은 날개는 날지 못하고 그만 주저앉았다 분명 둘은 그대로인데 이방인처럼 느껴지는 그 사람, 내 몫으로 운명처럼 안고 가야 할 나의 길

수박

내 속은 속이 아니어요
겉과 속 다르듯
내 맘 아무도 몰라요

검은 줄무늬에 멍들어 있는 겉
검은 점 상처투성이로 빨간 속

나는 점점
나의 오늘이 갈라질까
두려운 나날들 보내고 있죠

부끄럽게도 나는 오늘도
둥글둥글 속 보이지 않으려
꼭지만 비틀고 있지요

가야 할 길

당신이 내게로 온 날
하늘보다 높은
풍선 타고 오르는 듯 기뻤지요

살다 보면 험하고 아픈
비탈길 넘고 넘어
환한 집으로 오는 길 행복했지요

지금은 병들어 섬망의 안개 속
요양원에서 집으로 오고 싶어하는 당신
누구나 가야 할 길이라서 아프지요

아들에게

아프다 울지 마라
외롭다 슬퍼 마라
나 홀로 족 아닌
보듬을 가족 있지 않니

버겁다 탓하지 마라
무겁다 내려놓지 마라
가장의 젊은 날
역할이 바뀌었을 뿐

정신병원에서 나를 보다

내 혹이 아프다며
위로받길 원했어

긴 세월 방황
끝점 찍고 싶었어

그곳에는 더 아픈
그대가 있다는 것을

받기보다는 위로해 주는
그런 사람이 되고 싶어

부부

한 지붕 한 울타리
두 손 꽁꽁 묶이어
문밖 나갈 수 없는 사이
그렇게 살아갑니다

소중한 인연
두 몸은 한 몸 되어
그대가 나고 내가 그대입니다

반쪽을 잃고도
반쪽은 살아 있음에
반쪽 위해 사는
우리는 부부랍니다

걱정 마요

남겨질 내가 안쓰러워
떠나갈 네가 가여워서
헤어지기가 못내 아쉬워
별리란 그림자가 어두워서
마냥 붙잡고만 싶었어요

욕심이던가요
쇠심줄보다 질긴
인연의 끈
아파요 가슴이 저려요

강하나 건너면
당신은 그곳에
되돌아 나오면
당신은 이곳에

서 있는 공간이 다를 뿐
우린 세월의 뒤안길에서
얼러리 꼴레리 개구쟁이 시절로
이 봄은 갯국지
본향으로 돌아가겠어요

베레모 신사

대머리 총각
민머리만 보았다면
결혼하지 않았을 것이다
민머리를 본 후 후들후들 흔들렸다

첫날밤,
스며드는 불빛 사이로
박꽃처럼 환히 빛났던 당신

내 운명으로 반세기 함께한 세월
갸름한 얼굴 백옥 같은 피부
베레모 대령하기는 내 몫이었다

작은 머리통에
베레모를 얹어 놓으면 함함하다
나는 남편의 전용 디자이너다

말

말이 밥이었다가
물이 죽이었다가

말과 말이 섞여 떡이었다가
그 삭힌 말이 식혜였다가
결국, 나는 쉰밥이 되고 말았습니다

어제는 맑음이었다가
오늘은 흐림이었다가

때로는 헛것처럼 비었다가
헛꽃의 낙화로 짓밟힌 내 모습

한마디 말이 장미의 가시로
그 한마디 말이
동백의 모가지 떨어지는 것처럼 아픕니다

가까우면서도 먼 당신
그래도 함께 가야 할 소풍 길

여보, 나는 언제나
당신의 따뜻한 밥이고 싶답니다

연줄

쓰러진 나무 일으켜 세워야만 한다는
오직 하나의 집념이었지
한계라는 벽 넘지 못하고
십오 년의 길이보다 더 길었던
일 년이라는 시간

기력이 쇠진되어
몸 굼뜨고 한 발 늦은 판단
언덕 오르려다 미끄러지고 말았어
쉼, 숨 쉬고 살 수 있는 길 선택했어

누구도 갈라놓지 못하는 줄
부부의 연
가족의 연
세상의 연

방패연 줄 타고 훨훨
허공 저만치서 자꾸 훨훨
나 좀 집에 데려가 줘
자를 수 없는 줄을 붙잡고 울울

어떤 이별

백년해로한다며 건강하게 살기 원했습니다

바람대로 이루지 못했습니다

한 번쯤 막연히 생각했던 이별

꾹 참아 견뎌왔습니다

요양원으로 향하는 당신의 뒷모습

원치 않는 노년의 숲은 저물어 갑니다

잠시가 아닌 영영일지도 모르는

이생에서 쌓여만 가는 낙엽의 시간입니다

하루

참 짧다

엿처럼 길게 늘려

오늘을 살고 싶다

하루살이의 해가 짧은 것처럼

짧고 굵게

하루를 보내고 싶다

길

낯선 길

인젠가 가야 할 길

오던 길

익숙하지만 보내야 할 저편,

하늘길 열리면

삶 위에 드리워진 그림자 길

늙는다는 것은 슬픈 일이 아니다

욕심은 사라지고

진국처럼 본심이 자리한다

경쟁도 아니 하고 걸림돌 없는 길

양보하며 여유로운 마음

가진 것 놓고 無로 돌아가는 길

나에게 죽음은 또 하나의 경사일지도 모른다

중환자실에서

억새가 운다
흔들리며 운다
속울음 토하며 운다

갈대가 운다
선 채로 운다
머리 풀고 흐느낀다

억새도 갈대도
살아간다는 것은

아픔이라는 걸
울음이라는 걸
알고 있나 보다

반성문

내 잘못은
모르쇠로 일관하고
상대방 그름만 보입니다
그름이 아니고 다름입니다

고집은 꺾을 줄 모르고
상대방 고집이 세다고 말합니다
한마디도 지지않고
이기려고만 합니다

생각이 옳다함은
다름을 인정하지 않기 때문입니다
상대가 있어 내가 있고
내가 있어 상대가 있습니다

이해받기 바라기보다
이해해주는 그런 사람
경청하며 들어주므로
행복했으면 좋겠습니다

마중물

물 한 바가지만 부어주어라

끌어올리는 힘조차 버거운

누군가를 위해

맨발로 다가가

한 바가지만 부어주어라

노년의 길목

눈을 자꾸 비빈다
비비면 비빌수록
더 침침하고 꾹꾹 찌른다

물건 이름도 생각나지 않아
벙어리도 아닌데
더듬는 일이 많아진다

몸 따로 생각 따로
따로 논다
쉬며 놀며 어우렁 더우렁

늙는다는 것은
익어가는 것이라지
벌겋게 익어 낙하할 날 머지않았구나

이런 친구 하나 있었으면

곁에 한 사람쯤
그런 친구 있었으면 좋겠다
아픔까지 보듬이
내 마음 안아줄 그런 사람

실크스카프처럼
보드랍게 다가와
봄 내음 상큼한 맛
터트리는 하루 함께 하고 싶은 친구

노년은 돈, 건강, 친구 중
오직 친구라네
차림 없이 까르르 웃음 날리고
흉허물없는 그런 사람

끝없이 펼쳐진 놀이터에서
작은 행복에 감탄하며
사심 없는 웃음 터트리는 사람
그런 사람 곁에 있었으면 좋겠다

면회 가는 날

여보! 저예요
49년생 이영월 이예요
나를 알아보지 못하네요
나를 기억하지 못하네요

당신의 아내 이영월 이예요
큰아들 조정훈의 어머니
작은아들 조지훈의 어머니예요
당신의 이름은 조용엽이고요
나는 조용엽의 아내이고요

당신의 아내는 詩人이예요
시집 '매화꽃 필 때'와
자전 에세이집 '노을에 비친 윤슬'도 있잖아요
늘 당신 곁에 이영월이 있습니다

나를 잊지 말아 주세요
나를 꼭 안아주세요
오늘은 즐거운 날,
당신 피붙이 가족이 면회 오는 날
가족사진 놓고 갑니다

눈물의 방

오영미

오오, 칠십 노인이 출산한대요

詩集을 보내야 한대요

사람은 열 달 뱃속에서 양수 빨며 호강하지만

찢기고 헐벗은 몸

웅크리며 지낸 날들이 어디

열 달만 하겠어요

출산을 코 앞두고

다리를 벌렸다가 오므린 날들이 어디

하루 이틀이었을까요

영양실조로 드러누운 날이

어디

>

지하 쪽방 양지만 하겠느냐고요

머리를 내밀고 반쯤 벌어진 자궁

다시 꿰매서 제자리로 밀어 넣는 심정을 알까요

쌓인 눈물에 젖은 눅눅한 것들과

습한 상처가 번진 푸른곰팡이들

꼼짝없이 사형선고를 받고

화형에 처했지만

남편이 애처로워

세월이 恨스러워

일흔의 기억을 소환하고 다시 出産한대요

손주를 기다리다

>

노모의 몸 빌려 먼저 내보낸대요

아아, 詩集을 보내야 한대요

사람은 總量의 法則이 있지만

詩는 죽을 때까지 孕胎의 자유가 있으니 다행이어요

부디 영월 선생의 행복 순산을 빌어요

무위자연의 철학

반경환 『애지』 주간 및 철학예술가

무위자연의 철학

반경환 『애지』 주간 및 철학예술가

이영월 시인은 1949년 충남 서산에서 태어났고, 60세에 중, 고등학교 검정고시를 거쳐 65세 때에 한국방송통신대학교 문화교양학과를 졸업했다. 2009년 『문학세대』(시부문), 2017년 『화백문학』(수필부문)으로 등단했고, 첫 시집 『매화꽃 필 때』와 자전에세이집 『노을에 비친 윤슬』을 출간했으며, 현재 한국문인협회, 서산문인협회, 서산시인협회 회원으로 활동하고 있다.

인간 승리의 장본인인 이영월 시인의 두 번째 시집인 『하늘길 열리면 눈물의 방』은 "삶 위에 드리워진 그림자 길// 늙는다는 것은 슬픈 일이 아니다// 욕심은 사라지고// 진국처럼 본심이 자리한다// 경쟁도 아니 하고 걸림돌 없는 길// 양보하며 여유로운 마음// 가진 것 놓고 無로 돌아가는 길// 나에게 죽음은 또 하나의 경사일지도 모른다"(「하늘길 열리면」)라는 표제시처럼 '사무사思無邪의 경지', 즉, '무위자연無爲自然의 철학'의 성과라고 할 수가 있다. 그의 나이는 우리 나이로 73세이고, 큰아들 조정훈과 작은아들 조지훈의 어머니로서, 또한, 현재 요양치료 중인 조용엽의 아내(「면회가는 날」)로서, 이처럼 욕심이 없고 늙음과 죽음마저도 하나의 경사로서 받아들인다는 것은 진정한 '사무사의 경지', 즉, '무위자연의 철학'의 성과라고 하지 않을 수가 없다.

　　수줍게 핀 수선화가 보인다
　　신작로 길 개나리도 보인다
　　군락을 이룬 벚꽃이 보인다

　　손길 닿지 않아도
　　발길 닿지 않아도
　　봐주는 이 없어도

　　본분 다하며
　　말 없는 몸짓으로 피워내는
　　그대는 나의 스승입니다
　　—「해미천을 걷다가」 전문

　사무사의 경지, 무위자연의 철학—. 아는 것은 용기가 필요하고, 용기가 있는 사람은 성실하게 살아간다. 성실한 사람은 맹목과 광신의 함정에 빠져들지 않는 사람이며, 지혜로운 사람은 지혜와 용기와 성실함의 삼박자를 자연의 순리처럼 다 갖추지 않으면 안 된다. 시인은 인간의 중의 인간, 즉, 전인류의 스승이며, 지혜와 용기와 성실함의 삼박자를 다 갖춘 사람이라고 할 수가 있다.

 "삶 위에 드리워진 그림자 길// 늙는다는 것은 슬픈 일이 아니다// 욕심은 사라지고// 진국처럼 본심이 자리한다// 경쟁도 아니 하고 걸림돌 없는 길// 양보하며 여유로운 마음// 가진 것 놓고 無로 돌아가는 길// 나에게 죽음은 또 하나의 경사일지도 모른다"라는「하늘길 열리면」, 이제는 "수줍게 핀 수선화가"보이고, "신작로 길 개나리도"보이고, "군락을 이룬 벚꽃"도 보인다. "손길 닿지 않아도/ 발길 닿지 않아도/ 봐주는 이 없어도" "본분 다하며/ 말 없는 몸짓으로 피워내는/ 그대는 나의 스승입니다"라는「해미천을 걷다가」는 이영월 시인의 무위자연의 철학의 탁월한 성과이며, 최고급의 인식의 제전의 승리라고 할 수가 있다.

 물은 물이고, 산은 산이며, 그 모든 생명체들은 늘, 항상, 그 본분을 다하며, 자기 자신의 생존의 결정체인 꽃을 피운다. 수선화도, 개나리도, 벚꽃도 스승이고, 참나무도, 소나무도, 대나무도 스승이고, 벌도, 나비도, 개구리도 스승이다. 개도, 길고양이도, 호랑이도 스승이고, 산도, 강도, 바다도 스승이고, 어린 아이도, 친구도, 늙은이도 스승이다. 모든 만물이 다 스승이고, 이 배움의 자세가 이영월 시인의 지혜와 용기와 성실함의 보증수표가 되어주고, 그에게 인간 중의 인간, 즉, 인간 승리의 길(시인의 길)을 안겨주기도 했던 것이다. 지혜가 있으니까 용기가 있고, 용기가 있으니까 두려움이 없고, 두려움이 없으니까 언제, 어느 때나 너무나도 당당하고 의연하게 자기 자신의 길만을 걸어갈 수가 있었던 것이다. 요컨대 만물을 스승으로 삼고 이 세상에 단 하나뿐인 '하늘길'을 창출해낸 이영월 시인이야

말로 지혜와 용기와 성실함을 다 갖춘 참다운 스승이라고 할 수가 있다.

이영월 시인의 「하늘길 열리면」과 「해미천을 걷다가」가 그의 앎에의 의지의 소산이라면, 이 앎에의 의지는

속치레가 든든하려 애썼다/ 어느 날부터/ 겉치레가 눈에 박혀/ 명품을 좋아했다// 허기진 마음 달래려고/ 물건 사냥으로 배 채웠다/ 움켜쥐고 먹어보아도/ 채워지지 않는 공허// 젊은 날 내게도 그런 날들 있었다/ 해볼 짓 다 하고/ 갖고 싶은 것 다 갖고 나서/ 비로소 보이는 것들// 제정신 들고나니/ 모두가 부질없어라/ 세월은 저만치 비켜서 있고/ 주름은 이만치 다가와 있더라

라는 「허영」과

오지랖 넓어 남의 일에 참견했어요/ 나서지 않으면 안 될 것 같아서요/ 그것이 바로/ 내게 등 돌린 까닭이 되었어요// 거드름피우며/ 남을 업신여기는 것/ 공정하지 못하고/ 한쪽으로만 기울어진 판단으로 말이어요// 살아온 날들의 여정을 뒤돌아보며/ 내 앞지락을 주섬주섬 펼쳐 보았어요/ 여물지 못한 편견 때문에 그랬던 것을/ 아주 늦은 후에야 알게 되었어요

라는 「오만」을 끊임없이 반성하고 성찰하며, 「살고 싶어요, 구해주세요」라는 고통의 지옥훈련과정을 거쳐왔던 것이다.

꼴찌만 하던 내가 저물어가는 황혼의 길목에서 머리가 트였나보다 방금 하던 일도 몇 발짝만 옮기면 잊어버려 제자리 오고야 생각이 난다

그러던 내가 변했다 지독한 사람들이 한다는 독학 눈 감고 사물을 만져 기억해내는 것과 같은 느낌이었다 느리지만 하면 된다는 집념 하나로 비벼온 칠거미리의 근성으로 자신은 있다

나는 지금 또 하나의 도전을 하며 씨름 중이다 책 속에서 스승을 만났고 무궁무진 펼쳐진 세상을 보았다 우울증에서 벗어나려 안간힘을 쓴다

나는 한 송이 꽃으로 피어난다 유년의 철부지로 돌아간다 색칠을 한다

꽃 한 송이가 묶인 채로 바다에 던져졌다 뭍으로 나가고 싶지만 나갈 수 없다 가벼워서 살아있다 둥둥 떠 있다

오늘 숙제는 그림 두 점 색칠하기다 내 신세와 닮은 제목은 '얽혀있는 속마음을 들여다보세요'이다

나의 간절한 절규 "나는 바다에 던져졌어요. 구해주세요. 길이 막혔어요. 뭍으로 나가고 싶어요." 이 말뿐이다

매일이 악몽인 오늘의 주제다

— 「살고 싶어요, 구해주세요」 전문

허영이란 무엇이고, 오만이란 무엇인가? 허영이란 자기 자신의 지식이나 경제적 능력에 걸맞지 않게 겉(겉치레)만 화려하게 꾸미는 것을 말하고, 오만이란 자기 자신의 지식이나 경제적 능력에 걸맞지 않게 타인들을 무시하고 깔아뭉개버리는 오만불손한 태도를 말한다. 젊었을 때는 자기 자신에게 정직하고 속치레를 갖추려고 애를 썼지만, 어느 날부터 겉치레에 눈이 박혀 명품을 좋아하게 되었다. 허기진 마음을 달래려고 명품사냥으로 배를 채웠고, 해볼 짓 다 해보고 갖고 싶은 것 다 가져보았지만, 그러나 나이가 들고 제정신을 차리고 보니 모든 것이 다 부질없어 보였던 것이다. 이처럼 「허영」의 한가운데에서 헤엄을 치다보면 자기 자신의 처지와 위상, 이 세상의 참된 진리와 허위, 모든 사물들의 이름과 가치도 제대로 파악하지 못한 채, "오지랖 넓어 남의 일에 참견"하게 되고, 타인들의 의사와 주체성을 무시한 채, 지나친 편견과 「오만」으로 모든 불화를 연출해내게 되었던 것이다.

시를 쓴다는 것은 배운다는 것이며, 배운다는 것은 자기 자신을 내려놓는다는 것이다. 반성과 성찰은 도덕적 정당성(윤리학)의 두 축이며, 이 반성과 성찰의 결과에 따라 한 시인의 위상이 결정된다고 해도 과언이 아니다. 모든 시학은 윤리학이며, 이영월 시인의 「허영」과 「오만」은 그의 윤리학에 맞닿아 있다고 할 수가 있다. 반성과 성찰은 자기 자신을 발가벗긴다는 것이며, 이 발가벗음의 토대 위에서, 최초의 시원으로 되돌아가 그 모든 것을 다시 시작하겠다는 것이다. 자기 자신의 전생애를 건 모험이며, 세계적인 대사건이며, 새로운 시인으로서의 출발이 이 반성과 성찰에 달려 있다고 할 수가 있는 것이다. 그 결과, 허영과 오만에 빠져 있던 그가 변했고, "지독한 사람들이 한다는 독학"의 길을 시작하게 되었다. 느리고 더디지만 하면 된다는 집념과 한 번 시작하면 포기하지 않는 찰거머리 근성으로 수많은 스승들을 만났고, 보다 넓고 큰 세상으로 나아가게 되었다. 하지만, 그러나 아직도 나는 유년의 철부지, 아니, 망망대해를 표류하고 있는 얼치기 시인에 불과하고, "나의 간절한 절규, 나는 바다에 던져졌어요. 구해주세요. 길이 막혔어요. 뭍으로 나가고 싶어요"라는 악몽같은 '오늘의 주제'와 싸우고 있을 뿐인 것이다.

하나의 신전이 세워지기 위해서는 수많은 신전이 무너지지 않으면 안 되고, 한 사람의 시인이 탄생하기 위해서는 수없이 죽었다가 되풀이 살아나지 않으면 안 된다. 허물을 벗지 못한 뱀이 파멸할 수밖에 없듯이, 기존의 역사와 전통, 모든 가치의 기준표들을 파괴하지 않으면 그는 진정한 시인으로 탄생하지 못한다. 시인은 아버지를 살해한 신성모독자이자 모든 가치기준표를 파괴한 범죄자이며, 동시대의 미풍양속을 살해한 파렴치한이 되지 않으면 안 된다. 창創자에는 칼도刀자가 들어 있고, 모든 시인은 전제군주로서 모든 사물의 이름과 가치를 자기 자신의 앎(지혜)의 보호 아래 두고 있는 것이다.

이영월 시인의 「살고 싶어요, 구해주세요」가 시인을 위한 고통의 지옥훈련과정(입문의례과정)을 노래한 시라면, 「늙어서도 꿈을 꾼다」, 「접목의 꿈」, 「날개」, 「황금 갯벌」,

「김칫독」 등은 그 악몽같은 '오늘의 주제'와 맞서 싸우며 이루어낸 제일급의 탁월한 시적 성과들이라고 할 수가 있다. 악몽은 길몽이 되고, "매일 시 쓰며/ 당신 그리다 죽는 꿈"(「늙어서도 꿈을 꾼다」)은 현실이 되고, "비단길같이 매끄러운 참벌"은 "정년도 해고당할 일도 없는 만년 일터"가 되고, "어매들의 놀이터"「황금 갯벌」은 만년 청춘인 이영월 시인의 영원한 시의 텃밭이 된다.

고욤나무에 대봉 매달리는 꿈 안고 산다
상처가 주는 아픔을 견딜 수 있는 것은
풍성한 열매를 맺을 수 있다는 희망 때문이다
조개 속의 진주가 그냥 반짝일 리 없다
속살에 상처 아물고
고통을 견디는 시간이 있었기에 가능하다
예술은 창작을 통해서만 이룰 수 있는 것
홀로가 아니라 접목인 것이다
나는 시를 쓰고
당신은 하늘을 보고
한때 노래하고 춤추며 행복했지
필드에서의 푸른 초원이 내 것처럼 드넓었다
나는 여전히 시詩를 쓰고
당신은 요양원에 누워있지만
당신을 안아줄 수 있는 느티나무로 우뚝 서리라
머잖아 시인의 마을에 시가詩歌 소복이 쌓일 것이다
나는 오늘도 접목의 페달을 밟고 노래한다
—「접목의 꿈」 전문

꺾인 날개는 좀처럼 날지 못했다

온몸 굴려 굴렁굴렁

시작詩作을 알리면 반은 이룬 게지

쓴 내 나는 외로움과

쓰디쓴 절망이 온다 해도

쓰러지지 않으리라 다짐했다

비상을 꿈꾸다 추락하는 꿈

나비의 날개 그리다 찢긴 생生

모든 사람 비웃어도

아랑곳하지 않고 버텨왔다

때때로 불 속으로 뛰어들고 싶었다

부나비 되어 한 줌 재 되어

흔적없이 사라지고 싶었다

자식 걱정 남편 걱정

이 나이에 무슨 부귀영화가 필요하랴

나날이 지는 낙엽인 것을

태어난 죄 속죄하는 마음으로 살아야겠다

나도 살맛 나는 세상 구경 떠나고 싶다

시시때때가 시시때때詩詩時時 되도록

날개 펴고 훨훨 훨훨

날아보고 싶다

　　―「날개」 전문

　이영월 시인의 꿈은 「접목의 꿈」이 되고, 「접목의 꿈」은 「날개」의 꿈이 된다. 고욤나무에 감나무를 접목하지 않으면 대봉이 주렁주렁 열릴 수가 없듯이, 고통과 싸우며 고통을 참고 견디는 시간이 있었기 때문에 만인들의 심금을 울릴 수 있는 시를 쓸 수가 있는 것이다. "조개 속의 진주가 그냥 반짝일 리 없다/ 속살에 상처 아물고/ 고통을 견디는 시간이 있었기에 가능하다", "예술은 창작을 통해서만 이룰 수 있는 것/ 홀로가 아니라 접목인 것이다", "나는 여전히 시詩를 쓰고/ 당신은 요양원에 누워있지만", 나는 언젠가, 어느 때는 "당신을 안아줄 수 있는 느티나무로 우뚝" 서는 그날을 위해 오늘도 여전히 "접목의 페달을 밟고"있는 것이다. 페달을 밟는다는 것은 달린다는 것이며, 달린다는 것은 하늘을 날고 싶다는 것이다. 이「날개」의 꿈, 이 비상의 꿈을 위해 "쓴 내 나는 외로움과/ 쓰디쓴 절망이 온다 해도/ 쓰러지지 않으리라는 다짐"을 하고, 또, 다짐을 하게 된다. "비상을 꿈꾸다 추락하는 꿈"과 "나비의 날개 그리다 찢긴 생生" 따위는 조금도 걱정할 필요도 없고, 오직 "살맛나는 세상"을 위해 "시시때때가 시시때때詩詩時時 되도록/ 날개를 펴고 훨훨 훨훨/ 날아보고"싶은 것이다. 인내는 쓰디 쓰지만 그 열매는 달고, 고통은 짧지만 시인의 이름과 행복은 영원하다. 쾌락은 '고비용—저효율 구조'를 자랑하고, 고통은 '저비용—고효율 구조'를 자랑한다. 고통을 참고 견디며 고통의 머릿채를 휘어잡고 고통을 충신忠臣으로 삼을 수 있을 때, 바로 그때에는 죽음의 신마저도 시인의 이름 앞에 무릎을 꿇게 된다. 이영월 시인은 지혜와 용기와 성실함의 삼박자를 다 갖춘 무위자연의 철학자이며, 그는 이 세상을 더욱더 넓고 아름답고 풍요롭게 바라다 보는 낙천주의자가 된다.

나무도 나이를 먹으면
골다공증이 생기나 보다

제 몸 헐어 텅 빈 속을 채우려
그 속에 김칫독 하나 묻었다
— 「김칫독」 전문

　우리 한국인들의 자랑이자 우리 한국인들의 영원한 입맛인 김치, 배추를 소금에 절였다가 고춧가루와 마늘과 파와 생강과 온갖 양념을 다해 버무린 전인류의 발효식품인 김치—. 이영월 시인의 「김칫독」은 그의 고통의 지옥훈련과정과 절차탁마의 장인정신이 빚어낸 제일급의 시이며, 만인의 심금을 울릴 수 있는 명시라고 하지 않을 수가 없다. 일찍이 어느 누가 육체적인 노화현상인 골다공증을 제몸을 헐어 비운 김칫독이라는 말로 미화시킨 적이 있었고, 또한, 일찍이 어느 누가 온몸으로, 온몸으로 쓴 시를 전인류의 발효식품인 김치로 미화시킨 적이 있었단 말인가? 시인은 이 세상의 삶의 본능을 옹호하는 찬양자이며, 그의 언어는 천하제일의 김치처럼 그 맛이 천리, 만리 퍼져나간다. 시는 낙천주의를 양식화시킨 것이다. 자유와 평등과 사랑처럼, 또는 친구와 술과 김치처럼, 오래오래 묵을수록 그 세월 두께만큼이나 그 맛이 더 깊어지고 천하제일의 진미가 되는 것이 시라고 할 수가 있는 것이다.
　'무위자연'이란 그저 놀고 먹고 아무 것도 하지 않는 것이 아니라, 그 모든 행동을 사물의 이치와 자연이 이치에 따라 하게 되는 것을 말한다. 동물에게는 동물의 삶이 있고, 식물에게는 식물의 삶이 있다. 곤충에게는 곤충의 삶이 있고, 인간에게는 인간의 삶이 있다. 산에게는 산의 삶이 있고, 강에게는 강의 삶이 있다. 사치와 허영과 오만과 편견을 버리면, 즉, 그 모든 이기주의와 탐욕을 버리면, 전인류의 발효식품인 시와 예술처럼, 너와 내가 손을 맞잡고 이 세상을 아름답고 풍요롭게 향유할 수가 있게 된다.

하늘에서 줄이 내려왔다
금동앗줄이 내려왔다

나는 나팔꽃
나는 능소화
나는 바람 태우는 담쟁이

나의 참새와
나의 종달새와
나의 날개 닮은 나비

죽어라 줄에 매달려
지구 한 바퀴 돌리라

죽어라 줄 당겨
내 꿈 이루리라

줄, 줄, 줄을 타고
목청껏 노래 부르다 떠나리라

— 「시작詩作의 기회機會」 전문

 "나는 나팔꽃/ 나는 능소화/ 나는 바람 태우는 담쟁이",
즉, 덩굴식물을 보고 하늘에서 "금 동앗줄이 내려왔다"는
이영월 시인의 상상력은 새롭고, 이 새로움의 역동성에 의
해서 인간의 존재는 새의 존재로 탈바꿈을 하게 된다. 나는
참새이고, 나는 종달새이며, 나는 나의 날개를 닮은 나비
가 된다. 이 세상에서 가장 힘 센 것은 싱싱력이고, 이 싱싱
력은 태양보다도, 천지창조주보다도 더 힘이 세다. 왜냐하
면 모든 상상력은 인간 중의 인간, 즉, 시인의 영혼과 육체
로 만든 언어의 발효식품이기 때문이다. 상상력은 동앗줄
이고, 시인은 이 동앗줄에 매달려 만년주유권萬年周遊券을
산 우주여행자가 된다. "죽어라 줄에 매달려/ 지구 한 바퀴
돌리라"와 "죽어라 줄 당겨/ 내 꿈 이루리라// 줄, 줄, 줄을
타고/ 목청껏 노래 부르다 떠나리라"의 예언자적 외침과 그
의지가 바로 그것을 증명해준다.
 이영월 시인의 아모르 파티, 즉, 니체적 의미에서 운명에
대한 사랑은 「시작의 기회」가 되고, 그는 이 「시작의 기회」
를 천 개의 눈과 천 개의 팔과 다리로 움켜잡았던 것이다.
시인의 사랑은 운명에 대한 사랑이며, 이 운명에 대한 사랑
이 그의 시의 원동력이 된 것이다. 상상력은 태양보다도,
천지창조주보다도 더 힘이 세지만, 시인은 그 어떤 상상력
보다도 더 힘이 세고, 이 시인의 힘이 아니었다면 우리는 이
어렵고 힘든 세상을 참고 견디며 살아오지 못했을 것이다.
 이영월 시인의 시적 힘은 지혜이고, 지혜는 상상력이고,
그는 상상력의 날개를 달고 이 세상 그 어느 누구보다도 자
유로운 시인이 되었다.

자연인의 아내이었다가
어부의 아내이었다가
자유로운 영혼이었다가

지금은
당신의 마지막 여인이고 싶습니다

시인으로
다시 태어나
만인의 연인이고 싶습니다
— 「숲의 미로」 전문

　이영월 시인의 「숲의 미로」의 숲은 '자연의 숲'이 아닌 '인간의 숲'이며, 그는 이 '인간의 숲'에서 유교적인 전통과 역사와 윤리관을 단번에 초월해버린다. 자유로운 인간은 한계와 경계를 모르고, 그 어떤 구속이나 제약도 모른다. "자연인의 아내이었다가/ 어부의 아내이었다가/ 자유로운 영혼이었다가// 지금은/ 당신의 마지막 여인이고 싶습니다"라는 시구처럼, 그는 「숲의 미로」의 주인이며, 탈선과 도약, 존재론적 건너뛰기와 존재론적 전환을 자유자재롭게 구사한다. 모든 것이 물이 흐르듯이 순조롭고, 그 어느 것을 해도 모자라거나 넘치는 것이 없다. 인간의 얼굴과 성격과 인품과 취향과 직업이 다르고, 그가 살고 있는 자연의 환경과 역사와 전통이 다르듯이, 이처럼 다종다양한 사람들과 살아보며, '만인들의 연인'으로 태어나고 싶다는 꿈은 어느 누구나 꿀 수 있는 것이 아니다.

꿈 중의 꿈은 시인의 꿈이며, 이 꿈은 역사와 전통, 문화와 풍습, 자연의 지리와 그 환경을 벗어나 만인들의 꿈이 된다. 그 꿈이 비록, "시인은 헛것만 밝히는 건달", "시인은 빈털터리", "뜬구름 잡고 사는 바보"(「시인의 밥」)라는 헛된 꿈일지라도, 시인은 '만인의 연인'이며, 이 '만인의 연인은 우리 인간들의 근본적인 사랑의 원형이라고 할 수가 있다.

만인의 연인, 이영월 시인의 초대는 숲으로의 초대이고, 이 숲으로의 초대는 너와 내가 우리가 되고, 모든 산새와 들짐승들과 그 모든 나무들이 함께 하는 '무위자연으로의 초대'이다.

숲은 미로이고, 이 미로 속에는 만인의 연인들이 산다. 이영월 시인의 『하늘길 열리면 눈물의 방』은 아름답고 멋진 신세계이며, 감격 자체의 눈물의 방이고, 우주적인 멋진 숨쉬기가 가능한 꿈의 세계라고 할 수가 있다.

이영월

이영월 시인은 1949년 충남 서산에서 태어났고, 60세에 중, 고등학교 검정고시를 거쳐 65세 때에 한국방송통신대학교 문화교양학과를 졸업했다. 2009년『문학세대』(시부문), 2017년『화백문학』(수필부문)으로 등단했고, 첫 시집『매화꽃 필 때』와 자전에세이집『노을에 비친 윤슬』을 출간했으며, 현재 한국문인협회, 서산문협 회원과 서산시인협회 회원으로 활동하고 있다.

인간 승리의 장본인인 이영월 시인의 두 번째 시집인『하늘길 열리면 눈물의 방』은 "삶 위에 드리워진 그림자 길// 늙는다는 것은 슬픈 일이 아니다// 욕심은 사라지고// 진국처럼 본심이 자리한다", "가진 것 놓고 無로 돌아가는 길// 나에게 죽음은 또 하나의 경사일지도 모른다"(「하늘길 열리면」)라는 표제시처럼 '사무사思無邪의 경지', 즉, '무위자연無爲自然의 철학'의 성과라고 할 수가 있다. 이영월 시인의『하늘길 열리면 눈물의 방』은 아름답고 멋진 신세계이며, 감격 자체의 눈물의 방이고, 우주적인 멋진 숨쉬기가 가능한 꿈의 세계라고 할 수가 있다.

이메일 : nida9166@daum.net

이영월 시집

하늘길 열리면 눈물의 방

발   행 2021년 3월 12일
지 은 이 이영월
펴 낸 이 반송림
편집디자인 김지호
펴 낸 곳 도서출판 지혜 • 계간시전문지 애지
기획위원 반경환 이형권
주   소 34624 대전광역시 동구 태전로 57, 2층 도서출판 지혜 (삼성동)
전   화 042-625-1140
팩   스 042-627-1140
전자우편 ejisarang@hanmail.net
애지카페 cafe.daum.net/ejiliterature

ISBN : 979-11-5728-430-6 03810
값 9,000원